VENTE

u 4 Mai 1904

HOTEL DROUOT

Salle n° 11

à deux heures et demie.

Tableaux

MODERNES

Aquarelles et Dessins

COMMISSAIRE-PRISEUR

Mᵉ Maurice DELESTRE

EXPERT

M. Henri HARO

CATALOGUE

DES

TABLEAUX MODERNES

Aquarelles et Dessins

PAR

Decamps, Forain, Jadin, Lebourg, Pils, Yvon, etc., etc.

DONT LA VENTE AURA LIEU

HOTEL DROUOT, Salle N° 11

Le Mercredi 4 Mai 1904

à deux heures et demie

EXPOSITION PUBLIQUE : le Mardi 3 Mai 1904

de une heure et demie à cinq heures et demie

Mᵉ Maurice **DELESTRE**
COMMISSAIRE-PRISEUR
5, rue Saint-Georges, 5

M. Henri **HARO**
PEINTRE-EXPERT
14, rue Visconti et rue Bonaparte, 20

1904

CONDITIONS DE LA VENTE

Elle sera faite au comptant.

Les acquéreurs payeront *dix pour cent* en plus du prix d'adjudication.

TABLEAUX

AQUARELLES ET DESSINS

ANDRÉ (Cᴴ.)

1 — Une Ferme aux environs de Fontainebleau.

Signé à gauche.

T. — H., 0ᵐ,23. L., 0ᵐ,27.

ANDRIEU

2 — L'Escalade.

Signé à gauche et daté 1848, juin.
Aquarelle.

BAKALOWITZ

3 — Type d'Espagnole.

Signé à gauche.

T. — H., 0ᵐ,73. L., 0ᵐ,53.

BLUM (Maurice)

4 — La Noce au Village.

Signé à gauche.

B. — H., 0^m,15. L., 0^m,11.

DECAMPS (A.)

5 — Éléphant sur la berge d'une Rivière.

Première pensée pour le tableau lithographié par M. Eugène Leroux sous le titre : *le Désert Indien*. (N° 52 du Catalogue.)
Vente après décès de Decamps.
Aquarelle.
Cachet de la vente à droite.

FORAIN

6 — En Famille.

Pour une chemise cintrée, avec mon chiffre et une couronne, je n' peux pas m'en tirer à moins de quatre-vingts francs.
Plume et crayon de couleur.

Signé à droite.

GÉRICAULT

(?)

7 — Le Radeau de la Méduse.

T. — H., 0^m,52. L., 0^m,80.

HERVIER

8 — Sous un même cadre, trois Études :
Types de femmes ; une Barque ;
un Moulin à vent.

Signé.
Dessins et aquarelle.

JADIN (G.)

9 — Sabro et Vérone ; Chiens courants
de Saintonge.

Signé à droite.

T. — H., 0^m,16. L., 0^m,81.

JOSQUIN

10 — Nymphe et Amours.

Signé à gauche.

T. — H., 0^m,24. L., 0^m,19.

LEBOURG (Albert)

11 — Hondouville-sur-Iton ; la Route.

Signé à droite.

T. — H., 0^m,55. L., 0^m,46.

LEBOURG (ALBERT)

12 — La Route au Soleil ; Effet du matin ;
Entrée de Village.

Signé à gauche.

T. — H., 0m,40. L., 0m,65.

13 — Moulin à vent à Delfts-Haven.

Signé à gauche et daté Delfts-Haven, 1896.

T. — H., 0m,50. L., 0m,61.

14 — Les Feux ; Chemin bordé de Peu-
pliers.

Signé à droite.

T. — H., 0m,46. L., 0m,65.

15 — Falaises à Puy.

Signé à droite et daté Puy, 1893.

T. — H., 0m,41. L., 0m,65.

16 — Bords de Rivière à Hondouville-sur-
Iton.

Signé à droite.

T. — H., 0m,46. L., 0m,61.

17 — Le Pont Rustique ; Vue prise à Am-
freville (Eure).

Signé à gauche et daté 1893.

H., Cm,46. L., 0m,65.

LEBOURG (Albert)

18 — La Route; Effet du matin.

Signé à droite et daté 1893.

T. — H., 0^m,61. L., 0^m,50.

LEHMANN (Henri)

19 — *Væ Victis.*

C. — H., 0^m,52. L., 0^m,72.

LEMEILLEUR

20 — La Prairie; Lisière de Forêt.

Signé à gauche et daté 1897.

T. — H., 0^m,44. L., 0^m,65.

MICHEL (Georges)

21 — Le Moulin à vent; Effet d'orage.

T. — H., 0^m,46. L., 0^m,55.

PILS (J.)

22 — Étude d'Enfants.

Sanguine.
Signé à droite.

REYNAUD (F.)

23 — Les Laveuses; Vue prise à San-Remo.

> Signé à droite et daté à gauche : San-Remo, 77.
>
> T. — H., 0m,67. L., 0m,46.

SÉGÉ (A.)

24 — Bord de la Mer.

> Aquarelle.
> Signé à droite.

WISSANT

25 — Ruines d'un Château fort.

> Paysage.
> Aquarelle.
> Signé à gauche.

YVON

26 — Intérieur de Mosquée.

> Signé à gauche et daté 1846.
> Fusain rehaussé de peinture.

27 — Sous ce numéro seront vendus les tableaux non catalogués.

14649. — Lib.-Imp. réunies, rue Saint-Benoît, 7, Paris.

www.ingramcontent.com/pod-product-compliance
Lightning Source LLC
LaVergne TN
LVHW021622170726
843501LV00010B/4120